睡莲入梦

吕贵品诗选

吕贵品 ◎ 著

长春出版社

全国百佳图书出版单位

图书在版编目（CIP）数据

睡莲入梦：吕贵品诗选 / 吕贵品著. -- 长春：长
春出版社，2025. 1. -- ISBN 978-7-5445-7609-3

Ⅰ. I227

中国国家版本馆CIP数据核字第2024FR7748号

睡莲入梦——吕贵品诗选

著　者　吕贵品
责任编辑　闫　言
封面设计　宁荣刚

出版发行　长春出版社
总 编 室　0431-88563443
市场营销　0431-88561180
网络营销　0431-88587345
地　　址　吉林省长春市南关区长春大街309号
邮　　编　130041
网　　址　www.cccbs.net

制　　版　长春出版社美术设计制作中心
印　　刷　长春天行健印刷有限公司

开　　本　880mm×1230mm　1/32
字　　数　106千字
印　　张　7.5
版　　次　2025年1月第1版
印　　次　2025年1月第1次印刷
定　　价　49.80元

目　录

婚礼在默默进行

（写在结婚的这一天）

梁祝之蝶

自古代飘来

自潇湘馆飘来

飘来一个小小的流泪的主题

落在今日主题变得明媚

蝶成了一枚标本

我没演悲剧

我举行了婚礼！

夜里

我和我的未婚妻正看明月

一个洁白的雪花

如蝶翼落在姑娘的脸上化成泪滴

是嫦娥在哭？

是我的未婚妻微笑着流泪！

她说：我们相爱

不用奔月不用化蝶

我在月光下凝视着姑娘

似见洛神

我在低吟

吟那姑娘瞳孔里滴出来的句子

句子很美

不见蜡烛低泣的病态

只有晴空下如虹的曲子

莲朵上如露的词

这是婚前的一个美好的月夜

我和姑娘相对无言

说出的只是泪滴

宏大的爱情呵

不仅吻
连情人欣喜和烦恼的泪滴也是你的作品

明日就是婚期
今日不要离去

筹划一下吧
婚期，我们俩人盛大的节日

翻开衣袋翻开存折
人民币不到 100 元
储蓄最多的是爱是情感
仅仅这些
我已满意她也满意

仪式：一次普通的旅游
礼服：两套整洁的工装
像什么事情也没有发生
可是，婚礼呵
爱情的一个美满的雕塑就要完成

夜里我和我的未婚妻正看明月
月渐淡淡
那些凄美的故事已经褪色
时针沾满露珠
太阳的演奏就要开始

我在写字台上做了一个扑蝶的梦
醒了
她微微一笑
给我送来一个春日的清晨

今天，就是我的婚期
今天的日历庄重地宣布
我有权称她是：我的妻
是我的妻

今天和往日一样
不过路长了一点通往郊外
人多了一些来了几位朋友
没有鞭炮

没有胭脂
也没有红"喜喜"
窗帘的淡绿色就是妻的主张

今天
我们在民政局轻松地翻开了一页日历
今天
我们的婚礼在默默进行

一颗圆润的果子
在太阳的寂静中成熟
成熟了爱成熟了相思

是的，即使有一天
妻在河边折柳
我在异乡饮泪
我们俩也不会将生命枉然泼在地上
妻脚下还有路
我手中还有笔

今天在婚礼默默进行之中

我想起了博物馆里的铜镜

铜镜也许还记得一位姑娘的愁颜

今天是玻璃镜子的时代

可那玻璃的碎片也有痛苦的记忆

我邻人的一个姑娘

婚前有过滂沱的失恋

婚后又临蹉跎

戴着金项链的爱情

如同载着镣铐

如同拉起蛛网

蛛网：上面沾着一片漂亮的花瓣

还有苍蝇还有蚊子

我没演悲剧

我是二十世纪后期的青年

举行的是简单而朴实的婚礼

婚礼自沉默中立起

立在我的记忆

立在妻的记忆

今天一页平平常常的日历

今夜我和妻又看明月

妻依住我的肩头

眼睛在絮语

我们相爱

不用奔月不用化蝶

月又西偏

我说睡吧，

妻说依你

灯熄了

窗外明月皎皎

月光下有一个小小的不能生锈的主题

1981 年 12 月 30 日

翻过那座山吧

她对远方那座山习惯了

抬头总是那座山
山上到处都是石头
再往上就是云

过去她认为
进山不是女人的事情
女人只需要有一个男人
好让自己伏在他的肩上哭个痛快

一天夜里
她听完一段广播后突然产生了一个念头

想翻过那座山

早晨，她趁丈夫不在家的机会
果断地上路了
走了一天
太阳已经疲倦
她终于来到那座山的山脚下
风变成了黑色

山上没有路
她开始寻找
她知道这样是很危险的
腿上已经划破一个口子
鲜血使她恐惧

她哭了
沾着泪滴的眼睛
看到一块形状古怪的石头
那树叶坠落的声音
使她想睡

太累了

她已经没有力量爬山

那座山十分强大

1982 年 3 月 27 日

少妇之谜

一位少妇喜欢静静地赤裸着看海
喜欢听雨声睡觉

海滩没有足迹
一双高跟鞋栖息在孤礁上
闪出月亮的黑光

古龙香水气息笼罩着海面
海欲在膨胀

大海默默上升
一百个世纪也无法超越一座山
海真的渴望爆炸

天落雨了
湿衣服使女人躯体更加美丽

少妇在雨中站着
听到了身后一座城市里
玻璃窗上反光的声音
还有一辆汽车正在被撕碎

雨里，少妇赤裸着静静看海时发现
海有翅膀
天下雨时就是海在飞翔

少妇在海边站着站着睡着了
天空什么也没有

大寂静弥漫过来
香水味消失后大潮退去
雨也停了

在旧梦里少妇一声惊叫

喊出了一个人的名字
一只海鸟突然飞来
在少妇的头上盘旋不愿离去

湿衣服晾干后随风飘逝
海边有一棵光洁的树

1983 年 10 月 29 日

嚎叫的伞
——写在结婚五周年纪念日

一、水泡声

我们相爱那夜天正下雨

你说这么大的水

人无法逃避

有一颗最大的雨滴

落在你的发上

鱼腥弥漫

天空高悬一只湿漉漉的鸟

月亮被雨水泡得很淡

在茫茫的雨里我们强烈感到
伞就是船

你把头靠在我的肩头
求我把伞撑开
然后告诉我那颗最大的雨滴
刚从海里来
海上有大船倒塌

当你说话时脸微红
伞下一朵蒲公英正在开放
你把湿裙的结打开
我们共同听到了一种声音
水泡在空中凝固然后破碎

水泡在我们的血管里震响
我认真看你
水泡声挡住了我的视线

二、月影悠悠

无数长长的雨丝垂钓

钓一尾古月

古月游来游去月影时明时暗

静夜里谁拍了我一下肩

我问你

你说死亡一直跟着我们走

你慢慢把湿裙脱掉

丢到伞外

大树顷刻舞动婆娑的影子

影子吹着口哨

变成几只动物在静夜里游荡

那颗最大的雨滴消失了

我们发现了海的命运

我也知道了在雨里衣服没有用处

不如让纽扣落地生根

还能长出一棵怪树

我把衣服把伞全都丢掉

彻底拥抱你

彻底吻你

彻底彻彻底底

此刻即是过去也是将来

三、欢乐如泣如诉

就在我彻彻底底的时候

你哭了

边哭边说

你想到了死才寻找欢乐

然后用嘴唇抚摸我的胸膛

不让我难过

你唱歌

边流泪边唱歌

你的歌声使几座石像走动起来
歌声中断
你说只唱给我一个人听

天空灌满了云朵和风
我和你丢掉了伞
跌落在大雨里
成了一对溺水者紧紧地抱在一起

我吮吸着你的泪水情愿淹死
我心里喊你的名字
这样尽管被雨淋湿也不会被风带走

我的舌尖触摸你的乳头
我听到了涛声
你的乳房里面流动着宇宙之水

痛苦真正开始了
因为我们知道经历一阵颤动之后
我们还得分开

还得去死

四、嚎叫

我和你想到了死
天才真正黑了下来
月亮深深沉入天空
雨开始撒网
你说海风来了让我捡起那把伞

伞下很冷
但我们感到有一盏油灯已经点燃
你让我躲进你的怀里
你要亲手把我毁掉

你柔软的胳膊太凉
我发现你的肉体是我生命的镣铐

伞被你旋转了一下雨滴四射
我把你抱得越来越紧并坚定地说：

这个夜晚
需要你来完成

夜里你的肉体闪出光芒
夜不再冷
觉得夜无限无限宁静舒展
夜里你领我走进了一间温柔的小屋

就在此刻
伞突然开始嚎叫雨滴疯狂四射
恐怖的声音
在我们两个人共同的世界里久久回荡

1987 年 12 月 30 日

蓝血爱情

　　鲎：海洋生物，是有 3 亿年历史的活化石，身上流淌着珍贵的蓝色血液。鲎雌雄结为"夫妻"后便形影不离，捉到一只鲎，同时也能捉到另一只，故人们称鲎的爱情是"大海真爱"。

　　七夕这天鸟声搭桥
　　我们一行六人
　　坐在海边的餐桌旁听海鸟欢叫
　　白色翅膀在蓝色的海天间翻飞
　　我们感到圆满这是七夕

　　古老的七夕
　　让人们看不见大地了

有两位年轻人紧紧拥抱在一起
在天空翱翔
人们都抬头去看天空的星星月亮

餐桌上人们举杯祝这情人的节日
这自由美好的节日发生在天上

在天空下的餐桌旁
大海是一朵蓝色的花
一直在大地上怒放
怒放阵阵涛声
在讲述这日这个流淌着蓝血的七夕

七夕这晚
人们为自己准备了五彩缤纷的大宴
一个羸弱女子端上来一道菜
是一种名叫鲎的红烧鱼肉
一大杯鲎的鲜血
是蓝色的

在七夕的东海边上
人们已经知道了鲎的伟大爱情
被鲎雌雄相厮相守所缠绵
还在吃鲎的肉喝鲎的血

人们举杯看到鲎的蓝血是大海的颜色
人类在吃大海
感到大海在摇晃
大海退潮是因为鲎的哀伤
大海涨潮是因为鲎的痛苦

海上的浪花
是鲎和死鱼们的灵魂在闪耀
海上的光影
是鲎和死鱼们在轻轻低泣

七夕这个晚宴
一只雌鲎牺牲在我们的餐桌上
一只雄鲎牺牲在另一个餐桌上
两桌相近两鲎相望十分悲壮

餐桌上一对鲎的爱情死别
演奏着梁祝凄婉的曲子
人们还听到了
刑场上婚礼的那两声枪响
枪声穿过每一个人的胸膛

鲎这一对情人
躲在三亿年坚硬的铠甲里
还是被人类谋害了
鲎蓝蓝的鲜血染得大海更蓝

鲎的爱情感动海天
鲎用爱筑肉
以爱铸骨
鲎把爱情在神经上接花美丽而死
令人类也神魂颠倒

这七夕的晚宴
在餐桌上人们看到了刀光剑影
听到了枪声杀声哭声

鲨身上流淌着大海蓝蓝的血
人类身上流淌着太阳红色的血
这血流淌不止

七夕这天搭桥的鸟声渐远
我们一行六人
月光照耀下突然发现少了两人
海边餐桌四顾茫茫
有一对男女不知去向……

2009 年 9 月 26 日

老 桌 子

我坐在一张老桌子前举杯喝茶
这杯茶很贵
因为这张桌子极老
这张桌子曾淋过明朝的雨

老桌子身上的几点虫蛀几块霉斑
就是那场雨留下的病
在我同朋友聊天之暇
我还听到了老桌子在咳嗽
咳嗽声里有些炫耀

老桌子倚老卖老
老桌子尽管苍然但很硬朗

老桌子生长于春秋成材于秦汉成桌于明朝
人类都在收藏老桌子
谁又能收藏住老桌子

我轻抚老桌子一角
想起敬亚兄说过的一句话：
人活不过一张桌子
而桌子却能活过老子庄子活过孔子
活过几十个朝代
活出一段历史

我生于当代也只能死于当代
当代开出一朵花
有色有香有味却渐渐消逝
新鲜的花被枯萎的花埋葬
这些在当代完成

老桌子很智慧
桌上的老牡丹从来没有香过
桌上的老菊花从来没有黄过

桌子的四条腿从来没有迈步走过
历史长出一棵树

四条腿不动却走了四百年
两条腿奔波只走了几十年

我坐在老桌子前观照我和老桌子
举杯闻绵延的普洱茶香
看明亮的普洱汤色
我的躯体到处都响彻着茶汤落杯的水声
那是古筝的水声流到今天

古筝的水声年复一年
浇出窗外茶树嫩绿层层
淋落窗外茶树黄叶片片
黄叶落在茶汤里激荡放舟

只有老桌子似坐非坐似站非站
让我突然有点坐立不安
老桌子等待几百年等出了身价百万

一个人等了几十年等了个一切皆空
我在桌上立点文字
也许死后还能流传

老桌子伏在角落里不争不吵
伏成了一只老龟
桌边的几块木头老得透明

我在老桌子边正欲举杯饮茶
有一位美丽女人从窗前走过
我凝视女人倩影渐渐远去
久久不放

我起身将茶一饮而尽
淡然一笑转身离去
我身后老桌子的咳嗽声里夹杂着吱吱笑声

2009 年 10 月 12 日于深圳紫苑茶馆

诠梦·马蹄莲

昨夜梦到马蹄莲开放。

梦里的马蹄莲醒来后开放
一双绣花布鞋奔跑于烟尘腾起的路上

马蹄莲因马蹄踏花而生长
细碎的蹄声洒落一路
在唐朝的宣纸上润透一脉山水
又踏过梦境在耳畔回荡

马蹄驰过
梦境中路旁有一个女人在哭泣
哭骑马人远去了
哭绣花布鞋沾满泥垢

哭痴痴的蝴蝶还恋着泥中那一丝花香

女人乱发遮颜泪珠顺发梢滴落
清晨的小雨敲打着蕉叶
花瓶里马蹄莲的蹄声踏水驰向远方

2012 年 4 月 2 日于深圳

老　篮　子

老篮子从农贸市场回来
只买了四根黄瓜一棵白菜一把芹菜
却留下一路清香

街邻四坊又给了老篮子
两头蒜三根葱一块生姜
今晚这餐欢声笑语在餐桌上飘荡

儿子嬉戏饭桌前
小手伸进老篮子衣袋里要找几块糖
衣袋空空　让孩子失望

老篮子笑对妻儿说：

囊中羞涩，怕啥！
只要腰杆挺直　心不发慌
只要把一个装　装好了
衣袋就会撑得鼓鼓囊囊

老篮子的微笑将衣袋里的钱包做巢
慢慢地鸟儿长大了
扑棱着叹息的翅膀飞回家乡

今晚饭后　窗外星光闪烁
老篮子正准备脱衣上床
突然听到空衣袋里传出细微笑声
还闻到了一丝米香

老篮子从空衣袋的小缝里摸出一粒
只有一粒
不知何时遗落的葵花子，嗑开。真香！
香气透骨　绵延不绝
老篮子肩上那盘向日葵
笑出光芒！

2012 年 4 月 6 日

胆 囊

人中央一定要有一个苦
我摘掉了它

绿色在肝部漫延
我的肚子一年四季：又红又绿
绿红知多少？

于是清照小妹
坐于我的心台吟唱：
知否？知否？应是红肥绿瘦。

2012 年 4 月 28 日
我的胆囊早已经摘除了，有感。

一条小鱼

一个老渔夫吃饭时突然想到一条鱼
于是儿子起锚　女儿整理好渔网
老婆接上电源打开电扇　孙子抖开风帆
小船驶向大海

大海是一杯绿茶　小船是杯中的一片茶叶
明前绿茶烹鱼
让大海也垂涎欲滴

小船在海上边航行边撒网
渔网比海还大
网眼在海水里看见鱼乐悠悠
鱼群在海里　海在网里

鱼呼吸的是水所以鱼都晕船

当几千条鱼进入船舱之后全部窒息

那一条鱼　整个大海也没有找到

船载着死鱼在行驶

月光照耀着鱼的尸体散发出鸟毛的气味

小船只好返航

许多鱼群尾随小船来到港湾

海面上波光粼粼

一个小女孩儿站在岸上迎接爷爷的小船

手里拎着一条鱼滴着月光

这正是老渔夫吃饭时想的那一条鱼

2012 年 5 月 9 日

棉　被

今天夜里好
我想念母亲

儿时的一盏青灯摇曳
寒风吹来
母亲悄悄地把掀开的被角给我掖了又掖

最冷那年
母亲给我缝了一床棉被十分厚重
棉花是花的果实
这床棉被让我在温暖的被窝里长大成人

雪是白的棉花也白

母亲的头发白了春天的梨花也白了
一床棉被在天寒地冻的北方孵化春天

后来我到了南方
常把母亲一针一线缝的那床棉被搁置一旁
冷了才会想起

有一天拆开被套　里面的棉花已经变黄
棉被里飘出母亲的味道

今天母亲已经离开了我
母亲留下这一床厚重的棉被盖着我
给我温暖
让我做梦还让我流泪……

2012 年 5 月 13 日母亲节

呆　坐

我呆坐着　坐成了一尊石头雕像
别人看到我就想到哲学
就想到闭关的佛陀

我的脑袋上方结了一张蜘蛛网
一对蝴蝶在网上挣扎交配
一只被粘住的蜻蜓
临死之前还在吃网上粘的蚊子
有一只苍蝇突然挣脱
树叶也在网上动荡冒充昆虫

其实蜘蛛网上的那些就是我的思想
一阵风刮过这张网又被抛开

撒到海里捕捉鱼群

人活着没有什么比呆坐走得更快
比呆坐更接近本质

呆坐是大安静
只有呆坐才能听到宇宙深处的碰撞
听到远方某人的阴谋
只有呆坐才能捻动一粒粒脉波
把玩自己的心脏

呆坐着已经感觉不到坐
那只挣脱的苍蝇在我膝上盘旋
自己飞了起来
风从耳孔里吹出白云翻滚
我呆坐着　呆坐于那只苍蝇的翅膀之上

2012 年 5 月 21 日

看老树的画有感

韭菜水饺

整个夜晚我跋山涉水
在记忆里
寻找某日旅途中曾经到过的古镇

只记得我吃了一碟韭菜水饺
煮水饺的女孩儿穿着蓝色小花布衣

我来到窗口迷失在月亮的沙漠里
古镇食街让我饥肠辘辘
我饿了
韭菜花开飘扬起面粉白色
一碗饺子汤漂浮着几片韭叶翠绿

当年那碟韭菜水饺让我饱满
清雅的菜香蛋香面香在生命里弥漫
长出了一片割也割不完的韭菜

今晚我觉得什么都不重要
只要有一碟韭菜水饺就拥有了青山绿水

口水流进胃里
胃说这水没有煮过饺子
我饿了！
韭菜花开白白满地
窗前月亮的沙漠里出现那座古镇

2012 年 5 月 25 日

一根黄瓜

绿黄瓜顶上开着一朵黄花
黄花的色泽比阿婆的戒指还要亮丽
阿婆的戒指戴了六十多年
黄瓜今天早晨刚刚摘下

阿婆让小妹吃这根黄瓜
小妹舍不得
这么鲜嫩的黄瓜可以再放几天
留着观赏留着闻香

阿婆说这样的黄瓜大地到处都有
嫩时不吃就会留成老黄瓜
阿婆瓣下黄花

把黄瓜头端塞进小妹的嘴里

小妹微微一笑脆生生地咬了一口
黄瓜的清香满屋飘扬
接着传出水声
窗口又弯弯地拱起一道彩虹

2012 年 5 月 25 日

人在泪滴里沉浮

最饱满的一滴眼泪

反复轮回

从古到今从这个人到那个人从此生到彼生

这一滴总是流入嘴角

让人类知道悲哀的味道同海水一样

欢乐仅仅是一条河

而苦难是浩瀚大海不停地翻腾

一个孩子问：人为什么要有眼泪？

妈妈回答：因为悲哀这只小船

要有水把它从心里运出来

孩子又问：小船为什么要驶向大海？

妈妈回答：因为大海最大

只有大海能盛得下苦难

人类的苦难浓缩在一滴眼泪里

大海就是这滴眼泪

在宇宙中闪烁晶莹的泪光

为地球的未来而忧虑

这滴最饱满的眼泪

浸泡着人类

我们每一个人都在这滴眼泪中沉浮

2012 年 5 月 29 日

冬雪春落

那场大雪本来冬天里就该落下
可一直拖到春天
拖到翠绿
雪花落成了雨滴

雨滴怀念冬天飘逸的感觉真好
那种轻可以乘风
那种飘舞成蝴蝶

世间万事万物轮回一同
雨雪同源皆出自于大海

雨滴潜入大地

让自己长成樱花长成梨花
遮天蔽日大片生长

某夜滴滴答答雨滴从天而降
无情地敲着千山碧绿
清晨一地白花
去年冬季的那场大雪又这样飘落

2012 年 6 月 2 日

陶　醉

我的心跳令我陶醉
因为我发现我还活着
还能享受到肌体的痛楚和精神苦难

月亮的暖和太阳的凉
让我美满地饱餐人生酸甜苦辣的盛宴
我用四季的风调好佐料
人间不冷不热

我在舒适地品尝我这还算新鲜的生命
活着的美味使我感到活着真好

陶醉是一个节日

我全身的细胞欢呼雀跃
五脏六腑也敲锣打鼓庆贺陶醉的到来
陶醉又令我心跳

心跳是一匹骏马在奔腾
踏出一路烟尘是我喋喋不休的话语
我还有话要说：
活着的人啊！
还有一个大陶醉没有到来

2012 年 6 月 21 日

纸 飞 机

有人一挥手用了一个抛弃的动作
一架纸叠的飞机起航了
飞过树梢飞过房顶
在人头攒动的上空无声地盘旋

一张女孩儿的脸刚刚流过泪水
又有一个影子掠过
女孩儿望着纸飞机飞向一座大楼
心中一惊
那张纸上一定写了什么

风吹来纸飞机晃晃悠悠
飞进一个窗口落在一盆水仙花上

回到家里女孩儿发现了那只纸飞机
慢慢展开
纸上写着一行小字
女孩儿读后泪如雨下浇灌着水仙花

泪滴惊飞了花瓣上的一只蜜蜂
小翅膀振动着飞越千山万水
女孩儿把那张纸一点点撕碎
一挥手也用了一个抛弃的动作
一群小蜜蜂漫天飞舞

2012 年 7 月 3 日

丢失手机的乐

因为手机丢了
这一天世界很静
这一天在静中我找到了完整的自己

那些熙熙攘攘的声音如风
风只吹拂我的衣角
很少有几块石头沉入我的心潭

我发现所有的声音都源于内心
外界声音不过是一些重复
换句话说
这世界的声音本来就是酸甜苦辣
这些声音我内心全有

手机丢了一天。很好！
我耳朵的小狗不用警觉地注视四方
可以安然卧在枕头里睡觉
可以平静地只聆听自己

但这只是一天
明天这个世界会再发给我一部手机
让我如粘在无线巨网上的蝇
挣扎、无奈、残喘……

2012 年 8 月 7 日晚于银川

我的皮鞋犹豫不决

皮鞋离开了我的脚
秋天脱掉了夏天露出一片金黄
我的黄脚曾踩过黄色的泥

皮鞋想要出去走一走却犹豫不决
和一只小狗趴在一起静静看我

我的脸盆里泡着我的脚
脚像一个孩子在水里嬉戏溅起浪花
浪花落地
落下水渍花瓣飘着皮鞋气息

脚走过了五十多个春夏秋冬

如果没有鞋也只能止步在一个季节
也只能徘徊在花朵里

我的皮鞋要出去走走
因为宽阔的道路亮着灯光很有魅力

皮鞋趴在门口窃窃私语
一只说向左走那边有个花园
另一只说向右走那边有片果林
这时小狗悄悄推开了门
千山万水就在门外
我的皮鞋还在争论着犹豫不决

2012 年 8 月 26 日

镜子后面

镜子是我邂逅我的一个地方
我在镜子里望着我
微笑对着微笑

一只青蝇落上镜面
我以为落到我的衣服兜上
打开兜盖儿青蝇不进陷阱
依然趴在镜面上留恋光明

我站到镜子面前突然发现
镜框如同一口棺材把我装进去
装进去的不仅鲜花还有花盆
还有茶几和冰箱

还有一张全家福镜框

那只青蝇依然趴在亮处闪着绿光
因为镜子里面有一盏灯
镜子很深
可以看到我身后很远的窗外

我要赶走我衣兜上的青蝇
只好拍击镜子
玻璃碎片蜂拥而落
无数个我瞬间凋零一地

青蝇在一阵灰尘里飞上空中
深深的镜子后面是一堵灰色的墙

2012 年 8 月 27 日

空 信 封

我想写一封信寄给远方

可远方走近了

远方的那些人和我都游在一个海里

千里万里的小鱼在一张网里唱歌

在一张网里结下恩恩怨怨

每一个小网眼都在窥视大海

昨日书信是树上的小鸟说飞就飞

羽毛在今天凋零了落下纷纷树叶

一片树叶飘到我的窗前桌上

一个空信封上面只写了一个名字

一支笔的溪流已经干涸
街巷里也消失了邮递员的吆喝声

面对空信封
我听到了海浪细语淘沙
依然记得写给情人的最后那封信
邮票上胶水味道还留在我的舌尖
我再也没有吻过别的女人

2012 年 9 月 3 日

大杯咖啡

夜空是一大杯浓浓的咖啡
几点星光闪烁　几颗糖粒还没融化

我同远方的朋友搅动着夜色
网聊白天发生的事情
不断向夜色撒点咖啡伴侣
这个夜晚荡漾阵阵浓香

睡意在模糊的楼影里随烟缕飘散
几句梦呓道出了人间惊天秘密

我坐到了早晨的椅子上

东方那只朱红小嘴将夜色一饮而尽

天空这把骨瓷杯一片白亮

2012 年 10 月 29 日

解开纽扣

一个美丽的女人欣喜若狂
因为一个男人的一颗纽扣脱落了

女人找到了那颗纽扣
在灯下一针一线地细细叮咛：
可怜的孩子啊！不要丢失纽扣
不然风会伤害你的胸膛

男人的衣襟不再踉踉跄跄
男人像个孩子望着女人
却又张开双臂
如同夏天迎接满是鲜花的春天

女人扑进男人的怀里
然后平静地解开男人衣襟上的纽扣
一颗、两颗……手在颤抖

美丽的女人明白：
扣上纽扣的那件事一点也不美好
女人为男人缝一颗纽扣
完全是为了解开纽扣的那一刻
那一刻值得欣喜若狂

2012 年 10 月 29 日

雪花·无影踪

在这个冬天里的花季里
雪花缤纷盛开
我看到满地落英之上的一串脚印

一个带着体温的女人
向我走来要扑进我的怀里
睫毛上挑着的雪花时刻会化成泪滴

我站在大雪里不再感到寒冷
我等待雪花轰轰烈烈融化的那个时刻

我等了半个多世纪
雪花依然盛开　脚印依然清晰

什么事情也没有发生
空空荡荡的雪原上没有一个人影

空空荡荡的雪原上没有一个人影
从来就没有人影
雪花为了制造一串脚印而铺满大地

2012 年 11 月 4 日

2月1日的某

我的心里一直想着某
某就来了　许多的事情就发生了
世界因此而存在
小院子里的藤架上生长了葡萄
声音一串串垂下来

某一直在偷笑
一直在偷笑　从没断过
悬在头上的笑声让我口水直流

在小院子里想着某
口水在我的齿间潺潺
葡萄的味道令我千回百转

葡萄里的种子发芽了长出藤蔓

世界纠缠不清
我想着某是因为某也想着我
我与某的藤蔓上长满绵绵绿叶
正是剪不断理还乱

2013 年 2 月 1 日

思　念

我记忆中的女人模糊了
我只记得她的美丽是无边风月

我曾与她同路而行
她艳丽夺目惊得一座小城没有月光
以后我每见到一个女人　只要美丽
都会闻到她的芳香

她把我身边的女人全赶跑了
还都穿错了鞋子
她把我身边的女人都变成哭声
泪滴飘洒花瓣

昨夜我与她的思念碰撞到了一起

瞬间花儿开了　云儿散了

月亮升起来了

思念的月亮啊只有半边

2013 年 6 月 25 日

青 菜 汤

用青花瓷碗装满了菜汤
孩子只管端起碗来
妈妈在身旁叮嘱：孩子，慢点喝！

盛宴上总有一碗菜汤荡漾
几片绿叶小舟载不动一个人的梦想

一只汤匙搅得天昏地暗
觥筹交错之中酒肉臭气包裹路边寒骨
风卷残云的事件发生在餐桌上

这一碗菜汤
在人生中潺潺流淌

流一泓春水漂几瓣桃花几片青叶
热气大雾让人在碗里陶醉

端起青花瓷碗才发现自己活着
菜汤悦耳一碗荷塘月光正低吟浅唱

这碗菜汤令人赏心悦目
碗壁上古老娟秀的青花在汤里漂浮
不急不躁用一生品尝：
淡了　滴点酱油
咸了　加杯清水
烫了　放放再喝
凉了　用心热热

2013 年 7 月 19 日

暖 洋 洋

我思念你的时候就是我与你对望
向日葵圆圆的脸望着太阳
金黄对着金黄　天与地暖洋洋

你微微一笑我找到了方向
我进入你的体内望你
看到我奔腾的血液躲进你的心脏

我望你用我的一生
用我一生的全部
用我一生全部的血液
血液一直望你望到一动不动
望到最后一滴悬在空中

后来我与你在一颗微粒中对望
那个美丽世界里有一束永恒的光
那束光照耀着向日葵照耀着太阳
照耀得我与你暖洋洋

2009 年 10 月 28 日写
2013 年 8 月 7 日改

地 上 云

许多人群在大地上走着走着就消失了
又有一群群的人接踵而来
城市蠕动着一只巨大的爬行动物

人群向前浮游极其柔软飘飘而动
大地上渐渐堆积起厚厚的云层

在大地人群的云层中
我看到了一个熟悉的美丽身影
我做出手势：让她不要再走了
再走下去就会消失彻底消失

人群还是顽强地走着

大地上的云朵慢慢飘逝

飘逝了

雨滴落在脸上我在哭泣

因为我和她也在奔走的人群里

匆匆忙忙

云朵慢慢飘逝了飘上我的两鬓

花白的头发在我的耳边叮当作响

2009 年 12 月 17 日写

2013 年 8 月 8 日改

相　片

灯下我望着你的照片
你啊！只是笑却没有笑声
你站在照片里没有身影
我也就享受不到你影子扇动的风

我怕你站在照片里站累了
所以把照片放平夹在书里
那一章写的是：爱与永生

我对你的思念太深　深不见光
我对你的思念太苦　苦断肝肠
我对你的思念太久　忘了你的模样
所以常拿起你的照片细细端详

那天我把你的照片挂在了墙上
感到更加孤独　孤独得到大街上呼喊
喊声里有人群攒动
人群里有你美丽的身影

你的身影淡然飘逝
我望着地平线太阳落下去了
落进我的窗口亮起了一盏孤灯
灯光照耀的面容笑声朗朗

2013 年 8 月 11 日

隔壁梅花

一把古琴横陈世间
一曲《梅花三弄》穿墙而入令我难眠
满屋的琴声飘落满屋花瓣

古琴声声　梅花点点
窗外是一个阴郁的天空
隐隐传来夜雨低泣的声音
我在琴声中沉浮闻着琴香辗转入梦

隔壁抚琴一定是个美人有太多的伤感
《梅花三弄》弄得琴声落花
弄得花瓣滴泪　弄得我心凄凉

我循琴声望去美人正在抚琴
纤腰摆动　微风吹拂一山碧绿
遥遥思念情意绵绵
素手拨弦　树影弹弄一线溪水
长长低述幽怨潺潺

美人此刻一定是在苦恋远方的情人
每晚用琴声编织透亮的蛛网
粘住蝴蝶不让离去

我透墙而望隔壁抚琴的美人
每晚用美人的琴声泡一杯绿茶
在茶水里度过一个又一个月淡的夜晚

夜里美人古琴的丝弦挂着泪珠
琴音里的水声漫过我的头顶
我在木椅里躺成了一把古琴
美人弹拨我的神经我全身震颤
琴声从我的体内响起
我决定要去见一见隔壁美人

我轻轻敲打那扇木门
敲门声敲击着夜空　声声空寂
门慢慢开了

一束芳香的灯光从门缝照射出来
我看到古琴横陈　满屋梅花飘香
不见美人
一位白发耄耋老者平静站在我的面前
是一位男人！

2009 年 11 月 30 日写
2013 年 8 月 12 日改

雪　花　瓣

今天清晨大雪纷飞
是我昨夜那朵思念的云飘到你的天空
潇潇洒洒地飘落下来
飘落下千言万语

大雪纷飞茫茫一色
整个天空大地绽放一枝白色花朵
只此一瓣怎能容下你我的爱情

这瓣雪花一开就落　落在我的身上
一摘就失踪　跑到我的心里
一吻就融化　融入我的血液

这瓣雪花孕育春色满园

这瓣雪花述说生离死别

这瓣雪花演绎阴晴圆缺

这瓣雪花推动你我三千年六道轮回

我从清晨站到天黑站了一生

月夜里花瓣漫天飘飘

飘得天地一片寂静

在这片寂静里我想你想得大雪纷飞……

2009 年 11 月 1 日写

2013 年 8 月 13 日改

阅　读

我吃了一颗水果之后

一转身，躯体里面的器官开始瘙痒

接着骨头刺痒神经也痒

指甲挠遍皮肤每一个角落也无济于事

瘙痒在躯体里面四处游荡

窗外阳光灿烂金风送爽

房间里被我挠起的皮屑四处飞扬

就在此刻，一本书里发出声音

书桌上传来书声琅琅

我循声而去，翻开那本书的第 57 页

瘙痒突然消失

顿觉身体内外山清水秀无比舒畅

2013 年 10 月 2 日

把这一刻喝下去!

细听晚风里有你的名字
更急切地需要那一弯横空月光了

月亮为何还不升起啊!
这一刻如此黑暗
这一刻如果不是因为我疯狂地想你
心脏早就停止了跳动

天空因为有你才有光辉出现
四季因为有你才能转动起来

初春你我别离　白霜压枝
盛夏两地思念　花朵凋零

深秋牵手时刻　没有枯叶
寒冬相互依偎　千里冰融

这一刻微风徐徐天光初升
把这一刻喝下去吧！再看看月亮！
那是我为你端来了一杯清茶

2013 年 11 月 7 日

微 醉

琼浆清澈　红透碧海蓝天

杯声清脆　响彻万水千山

一杯葡萄酒潺潺入喉

顷刻微醉：大地的雨下满天空

顷刻全世界摇摇欲醉

一杯红酒斟满一腔如醉如痴的一生

微醉真好

微醉看江山分外壮丽

微醉方知万物向阳百川向东

微醉看女人异常妖娆

微醉始觉红颜血浆缠绵奔涌

微醉中看到真理的葡萄晶莹欲滴

微醉中可以发现自己

还可以半离半弃地把自己放在背上

然后碰杯一饮而尽

2013 年 11 月 21 日

小 河 香

流水被三月的桃花洗过
小河红艳艳响彻西施浣纱的水声

水声流淌千年
今日岸边隐约听到浣纱女的嬉笑
浣纱女遗落的一块蝉纱
在水中寂寞地鸣叫还生出绿苔

小河，一条长长的磁带录千年河声
流到今日在一座城里打一个小漩
漩成一叶光碟
让千年的河声更加香艳

西施的胭脂是小河落日
纤细柔嫩的兰花指上燃起夕烟

小河长长成了人间的一份牵挂
穿越古今
总少不了水中倒影
或是石上情人或是三月桃树或是一弯月牙

2013 年 11 月 22 日

转身一瞬

我微笑着看你　你艳若梅花
再仔细看你
一朵雪花落上我的睫毛
整个世界变得模糊

闭上眼睛！把你存入脑海
睁开时　一泓泪水让我全身冰凉

你匆匆而过
我思念你　只好转过身去找你
只是这一转身　我便老了
只是这一转身　梅花落了

这一转身　西风蹒跚
你消逝在白发苍苍的大雪里

2013 年 11 月 25 日

人有时是件雨衣

那天我站到雨下等你

来到夕阳前等你　跑到月亮后面等你

在柳树里等你　想抱柱而死

那天我要做尾生

可雨停了水退了我也死不了

后来，我尾随着一只蝴蝶离去

我不知道那是梁祝还是庄子

离去时我看缥缈的人影里没有你

黄昏太老　没有那件清新的小花裙

所以，我认定那天你没有来

几年后，你用泪水告诉我：你来了
那一天你的的确确来了　踏夕阳而来
我没看到你
是因为你穿错了一件雨衣

注：

　　《庄子·盗跖》："尾生与女子期于梁下，女子不来，
水至不去，抱梁柱而死。"

2013 年 11 月 26 日

对　望

我在这里　你在那里

我与你肝胆对望

我望你！从北望到南　望得你心里清凉

你望我！从南望到北　望得我两鬓落霜

你在那里　我在这里

你与我一生对望

在沙漠里　我望你　看到大海

在大海里　你望我　看到海岸

在海岸上　我望你　看到花朵

在花朵上　你望我　看到晚风

在晚风中　我望你　看到灯光

在灯光里　你望我　看到一颗沙粒

在一颗沙粒中　我望你　又看到沙漠

沙漠里有一头骆驼
骆驼摇晃着驼铃：叮当！叮当！
这里！那里！这里！那里！叮当！叮当！
我与你　在驼铃声中对望
望出一湾清泉荡漾在天上

2013 年 11 月 28 日

元　旦

在船上行走使我们离蓝天更近
至少还有几朵云踩在脚下

船，行在山河岁月之间
一条长篙，点一丛翠岭再轻轻一撑
船便又度过一年

船夫与船姑在船上交融那刻
我们会有御鹏飞翔的感觉
同时会发现这船太大：充满整个宇宙

今日，这艘大船又一次靠向码头
一壶陈年普洱被忽然撞翻

茶汤染红一江碧水
还有一壶刚泡好的绿茶等在岸上

当我们用月下的姿势端起绿茶的时候
细听，生命的刻度又响起嘀嗒一声！

2013 年 12 月 31 日

星 巴 克

有一个女人还在某个地方等我
浪漫。漫过我的头顶
白发漂起杂乱的水草在激流中浮动

我在月下寻找
身边的影子不是太肥就是太瘦
我在小巷寻找
眼中的衣裳不是太艳就是太素
我在渡口寻找
耳畔的涛声不是狂躁就是细吟

琴声浸泡的岁月已经风干成枯叶
我仍然没有找到那个女人

那个女人一定还在某个地方等我
现实。点亮一盏灯光
苦咖啡飘出的芳香放射出光芒

于是，我常坐在星巴克的木椅上
等，再加一个杯子
杯子端庄地立在我的面前
这就是我喝咖啡的理由
在某个地方也有一个杯子在等我

2014 年 1 月 5 日

忧 伤

你这个女人！素素地开花了
放出淡淡的幽香
还有比幽香更忧伤的也在四处飘荡

似有非有已经亭亭玉立
淡淡的素色御风而行似动非动
我一声叹息
你这枝兰花悄然开放

素色女人啊！素素地开花了
一缕淡而又淡的幽香飘来一缕阳光
一张网的游丝在空中荡漾

我在这张素素的网上

如痴如醉地享受这若即若离的忧伤

2014 年 3 月 30 日

窗　口

你的窗口传来一曲怨怨的琴声
我逐声而入
在深不可测里
去寻找到你那排痛苦的琴键

我走进你的房间
空无一人
一张黑胶碟在昏黄的灯光里不停地旋转

此刻，你正站在远方路边树下
遥遥地望着你的窗口
望着我
而我却站在了你的窗前

2014 年 3 月 31 日

一碟长寿面

昨天是我的生日
昨天，那碟面条今日还很温暖
那碟面条有我望不断的小路
那碟面条比五十八年还长

酸酸辣辣中我尝尽了人间的味道
浩浩荡荡的事业装满一个小碟
弯弯曲曲如我的九转回肠

每年这天我都行走在一碟小路上
一阵风尘撒下胡辣粉末
几滴酱油让我怀念一碗清汤

昨天是我的生日
蜿蜒的小路今日还没有走完
沿着它走下去
在一碟面条里走到那个长寿到死的地方

2014 年 4 月 3 日

小石斑鱼

我买了一条小石斑

放进水池　准备一顿平静的晚餐

忽然，石头的声音溅起了水花

小石斑苏醒了

夕阳的余晖照耀着一池悲欢

我把那条小石斑放回鱼塘

回家的十里路上我吹响口哨

那一刻天清水蓝

月亮弯弯　一条小鱼游在天边

回到家里　我发现水声荡漾

水池里飘着一弯月光

我的儿子也买了一条小石斑

2014 年 4 月 4 日

字　典

一个翻《新华字典》的游戏
让你和我在风清月白之夜神出鬼没

你说：515 页左侧上数第一字
我翻是个"吻"字
你满面红云　我心中滚动雷声

我说：409 页左侧下数第一字
你翻是个"情"字
我心潮翻腾　你满眼泪水涌动

你我共同说出 700 页右侧上数第二字
翻来翻去竟然没有那一页

一本 1987 版的《新华字典》

里面山高水险找不到安身之处

2014 年 4 月 9 日

梦　话

长椅上你倚着我的肩头睡了
桃花林里的风有些慌乱
我一动不动　　怕把你惊醒

十分钟　　二十分钟　　我的肩膀酸了
人面桃花让蔚蓝的天空微微泛红

在那个桃花飘摇的季节
我和你乘一只小船渡过南柯一梦

梦中你轻轻翻动
喃喃自语在你唇上落下两瓣桃花
突然　　你说出一句梦话

让我十分吃惊

惊得我心中波澜泛起

但我还是一动不动　　怕把你惊醒

2014 年 4 月 12 日

泡 茶

傍晚我泡了一壶好茶
太阳这块老普洱饼更加香醇
远山坐在晚霞里闭关成紫砂茶壶

无色无香的水顺江东去
只有茶水蕴色含香发酵成潭
色香贯穿古今
我的爷爷迷失在壶里至今未归

今日我也在壶里迷路
一壶普洱荡漾老熟的汤色
一壶绿茶弥漫青春的气息
这些都令我如醉如痴

在我举杯的刹那恍然明白：喝水

要喝紫砂壶里的水

那水里泡着东方

泡出了五千年的苦涩还有甘甜

2014 年 4 月 15 日

绿 裳

见到你我想起清照又忘了清照
只记起"怎一个愁字了得"

我看你总是绿裳满山
给我在山中留下一径小路
去慢慢寻找一枝影影绰绰的花影

你的存在对于这片山水十分相宜
一点朱唇不浓不淡
一身绿衣不肥不瘦
一番情意不多不少

尽管你一表百媚绿肥红瘦

我还是要说你：绿瘦红肥

且看你丹心热血卷起红旗飘飘

暗香盈袖　美人如此多娇……

2014 年 4 月 17 日

睡 梦

看你睡觉的样子如看蝉翼
朦朦胧胧的梦覆盖在你的脸上

此刻　你正做梦
梦见天空满是海水
梦见云朵打着旋忽而向左忽而向右
梦见我同某个女人憨憨微笑

梦中　你的怨气在鼻翼上结冰
还有一点点小情绪拉紧了棉被一角

我轻轻将你唤醒
你眼角挂泪说让我抱抱你

我面对着太阳拥抱：

如果你不醒来我就不会再有早晨

2014 年 4 月 18 日

酸 梨 花

我遗失了远方却一直在眼前寻找
只找到了几朵梨花
还是从那崇山峻岭飘来
飘来梨子的味道　酸酸甜甜

我遗失了一夜的春风
却找到了千树万树的梨花
站在一棵梨树下我已经满头白发

不久白茫茫的花儿落满一地
不久绿油油的叶子长满一树
不久金灿灿的梨子摘满一筐

不久那棵梨树只剩下光秃秃的枝丫
远方就站在身旁
那离不去的梨让我口水涓流
在此刻我听到有人正在呼叫我

2014 年 4 月 20 日

妖娆

妖娆在天空中荡漾

天空如塘　一株小睡莲睡得正香

枕上你我相见一笑

暗淡的梦里漂出一轮月亮

妖娆在大街上荡漾

大街如河　一群小鱼儿游向远方

路上你我相见一笑

颠簸的小船驶向一个渔港

妖娆在茶杯里荡漾

茶杯如湖　一撮小绿叶泡出茗汤

桌前你我相见一笑

平静的水面溅起一朵波浪

妖娆在我心中荡漾
内心如海　一个小意念泛起波光
岸边你我相见一笑
嘈杂的灵魂飘出一缕清香

2014 年 4 月 24 日

来生去哪?

直到今天这个黄昏
我还没有选择好：来生去哪?
还拖着一架病骨苟延残喘

来生去哪? 找一块干净的天空
擦我额头上的汗水
来生去哪? 找一条干净的小河
放生我透明清澈的小鱼
来生去哪? 找一片干净的土地
种植我献给爱人的玫瑰
来生去哪? 找一群干净的人类
让我的灵魂像个纯洁快乐的孩子

来生去哪？我焦躁不安
我怕还没选择好就突然走了
怕今生太脏会把来生污染

我一直没有选择好：来生去哪？
所以我还顽强地活着……

2014 年 5 月 3 日

我的身躯埋葬了我的心脏

心跳的声音从远方走来
走进我的身躯　走进一摊血泊之中

心脏里血涛拍岸
溅起浪花在我眼眶里涌动
红色被痛苦过滤之后变成了泪滴

我不能自由行走
我的心脏被一条条肋骨牢牢锁住
那张红扑扑的小脸在铁窗里向外张望
看鸟儿在天空飞翔

心跳的声音从远方走来

还渴望走向更远方
可我奔腾一生也没有越过那道山冈

老态龙钟的人群在斜晖里步履蹒跚
我蹲下来，我的身躯埋葬了我的心脏

2014 年 5 月 14 日

关于蚊子的小事件

一只蚊子在我身边盘旋
它要生存。它要
在我身躯浩瀚的红色海洋里蘸一微滴
行吗?

我默默地欣然接受了
以我的崇高和善良救助一只蚊子
愿它还是一个少女

我静静地!一动不动
此刻我承诺的任何一个动作和声音
都会造成误解让蚊子远走高飞

一丝丝痒　酥酥地流进我的内心
蚊子透明的小肚腩慢慢殷红

突然，"叭"的一声
我被猛击一掌
我心爱的人一片好心让鲜血四溅

2014 年 5 月 17 日

静待花开

空守一个空空的花盆

我静待花开

那朵淡淡的野菊离我还有一千里

母亲植入半盆泥土

我静待花开

那朵淡淡的野菊离我还有五百里

父亲在土里埋下一粒种子

我静待花开

那朵淡淡的野菊离我还有一百里

花盆里长出了一棵小芽

我静待花开
那朵淡淡的野菊离我还有十几里

近了……那朵野菊离我越来越近
静待的花开了
我的心脏是那只花盆
那朵淡淡的野菊是我的一声叹息

2014 年 5 月 24 日

小　虫

你生日那天我送你一束鲜花
我没有注意花瓣上残留一只小虫

夜里你听到了窸窸窣窣的声音
一片花瓣在床单上爬行
一点黑色影子让你发现灯在移动

第二天你的皮肤一片红肿
你认为是我的小阴谋害你过敏
猜忌让你把那束鲜花丢进了垃圾桶

你默默承受着这个阴谋
坐在角落里　疑眼乜斜注视着我

当我看到那束鲜花在垃圾桶里低泣

我一阵阵眩晕疼痛

那只小虫也爬进了我的心中

2014 年 6 月 12 日

迎　接

我走出机场大厅
还以为你会在出口等我
扑面而来是一片没有香味的陌生微笑

手机响起你说你在车上
我很生气
郁闷烦躁的汗水湿透我的西装
我把领带解开如同要解开一段相恋

进到车里我用劲关上车门
你却递来一只绿瓶　微微一笑说：
我给你装了一车清风

我顿刻闻到了满车花香

这是人间最优雅的一次迎接

我从空悠然而降

又继续悠然

在一朵花蕊的凉爽里悠然地喝茶

2014 年 6 月 13 日

敲 门

我静静地等待三声敲门
约定好！等你柔柔的手指发出声音
你没到家　我这颗心一直悬着

门被敲了一声
我知道那是扫把倒地撞了一下门
过一会儿。敲门，只有两声
不是你是门外嬉戏的孩子

我这颗心挂念着一直悬着
月亮升起　响了三声我正要开门
又响一声，四声！暗号不对

你在门外高喊：开门……

我问你为何敲了四声？你说：三声！

噢，怎么多出一声？

是我这颗挂念的心落地的声音

　　　　　　　　　　　2014 年 6 月 14 日

转　角

我走遍千山万水去喝一杯茶
那杯茶原本就是你的一声感叹

我走遍大江南北去摘一朵花
那朵花原本就是你的一抹微笑

我走遍崇山峻岭去寻一棵树
那棵树原本就是你的一片身影

我走遍五湖四海去驾一只帆
那只帆原本就是你的一阵歌声

我走遍一生只是为了找到你

在一个转角处和你撞了个满怀

2014 年 6 月 17 日

伞 下

在汪洋雨中我的伞下有一片晴天
还有一轮艳丽的太阳

你的光辉照耀着我
伞外的雨滴弹奏着琵琶
一曲《雨打芭蕉》淅淅沥沥

你在伞下不觉风雨何处
忽然问我伞是何物？
我回答是把圆琴是叶木舟是间小屋

雨天是天空在演奏乐曲
是天意把两个人聚到一起乘船安居

风雨中我把小伞举得稳稳

悄悄把伞偏向你

给你一个比较完整的圆

而我的右侧半边身子彻底淋湿

2014 年 6 月 23 日

纸 条

我整理尘封多年的日记本
飘出一张发黄的纸条
我闻到了三十年前紫丁香的味道

我急切地叫你看什么是岁月
原来是一层浅浅的黄色
还有纸条上"我爱你"已经模模糊糊

你看着纸条微微一笑说：
那个晚上教室的月光比灯光亮
写给小弟的纸条
被风奇妙地吹到了大哥的座位上

我很茫然地看着纸条

你又怯生生地补充一句

当年，这张纸条不是写给你的……

2014 年 6 月 29 日

贝 壳

在大海面前才有资格谈论爱情
沙滩上你依偎在我的怀里
悄悄问我：这么大的海能枯竭吗？

话音一落潮水漫过我们的脚踝
月亮慢慢升高　一只贝壳漂浮过来

我从浪里捡起那只贝壳
放到你的耳边，让你聆听
你说听到大海在呜咽还有我在伤叹

空贝壳告诉我们：肉体腐烂了
贝壳还在！生命消失了

爱情还在！

你向我微微一笑　月光照耀着我
整个大海的风躲进贝壳
贝壳呜咽着发出爱情的声音

2014 年 6 月 30 日

戒　指

在大水里我是一条小鱼
爱情是一枚鱼钩
你就是那个身披蓑衣的垂钓人

弯月如钩之夜
涟漪在天地间波动我心神迷乱
我被你钓出水面在空中跃动
那不是挣扎是我在飞舞
我变成了一只风筝

在空中飘忽离你很远
我已经厌倦了漫无边际
渴望在一只小瓷碟里找到归宿

终于你把鱼钩打成了一枚戒指
又细腻地刮掉我身上的鳞片
把我煎成了一条红烧鱼

2014 年 7 月 20 口

老 花 镜

眼睛花了靠两只镜片寻找世界
蝇头小字振动翅膀飞来飞去

我又一次重复阅读四书五经
书中的文字正在嗡嗡细语
我听出了春夏秋冬

黄昏有人来
我急急忙忙起身去开门
书桌拦路　沙发挡道
老花镜里面的世界一片眩晕

一阵阵敲门声吹来风风雨雨

我在猜测这书中何人跑出了门外

我看不清前途摸索而行
在这条几步之遥的开门的路上
我忘记了摘下老花镜

2014 年 8 月 4 日

逃 离

雨中你站在我面前哭泣
你说大雨打落了一树的桃花
丰腴的花季瘦成几条带影的枯枝

看不到了！桃子的心跳
尖尖上一点羞涩一定很甜
果核的摇篮睡着一个宝宝
而今还没有结果花就已经落尽

你为桃花而哭，哭一树凋零
哭一江花瓣飘着晚霞向东流去

一江花瓣随徐志摩悄悄地走了

男人再别康桥　喜欢桥下流水
桥上你是那位结着愁怨的姑娘

愁怨淋淋下个不停　天地一片浑然
你泪眼看我错把梨花当桃花
逃花离花谁都躲不过这场大雨

2014 年 8 月 5 日

想　娘　了

人间空调送来热里的冷
我蹬开被子在梦里梦外之间冻醒

小时候我蹬开被子娘给盖上
我装睡　一次又一次蹬开
娘一次又一次重复那个暖暖的动作
静静地看我睡熟
每夜娘的微笑一直照耀着我

十三年前我蹬开了被子
我冻醒了　娘去了很远的地方
我鼻子一酸泪湿枕头。我想娘了！

娘每夜总是身影摇灯
灯下娘手中的针线从没断过
我睡了娘还没睡我醒了娘早就醒了
娘守着我不让我的梦着凉……

昨夜空调吹来秋风，我冷了
这时，有一个女人
窸窸窣窣给我轻轻盖好被子
恍恍惚惚我在梦外似乎又在梦中

2014 年 8 月 16 日

小岛不见了

有一座小岛，岛上有一幢小木房
篱笆墙上开满了牵牛花
几朵蓝，蓝得比海水更深邃
紫色余音在小岛上空飘几缕晚霞

谁也没见到那户人家有几人
欢声笑语在缠绵的花蔓上吹着喇叭

炊烟飘出酒醇菜香
还有房檐下闪动着娉婷的身影
让来往的小船儿思念飘荡
扬起帆来匆匆返航沐浴绿窗灯光

不久整个海面都在风传

那座小岛那户人家那盏窈窕

于是船队在海里有了新的航线

绕行也要远远地望一望那个地方

因为小岛、篱笆、木房、女人

渔夫们心中镇静　在风浪里不惊不慌

一天夜里大海一阵嘈杂

海水忽上忽下　漂浮不定

第二天，那座小岛不见了

那座小岛不见了

一群一群小船在大海上茫然失措

找不到航向

2014 年 9 月 18 日

相思相见

终于可以相见了！
下午四点约定在一间小茶馆里
三十年的思念泡在一把壶里
一会儿就可以对饮了

紫砂壶里云淡风轻流一泉碧汤
两只青瓷茶杯舒展两片绿叶

深秋的四点：屋内男人依然青山
窗外女人还是绿水
两人隔着小窗瞬间一面
此刻，那青山绿水竟是如此苍凉

女人逃离了茶馆一路用泪水卸妆
男人喝下一杯浓茶把自己冲淡
终于可以相见了！
还是不见为好
不见为好

相思很厚　三十年的千山万水
相见很薄　一瞬间的半块玻璃

2015 年 1 月 12 日

渐　渐

远处的一片红花　看着看着

渐渐地白了

花香在风中轮回

轮回成了一只鸟

远处的一朵白云　看着看着

渐渐地黑了

云影在水里轮回

轮回成了一条鱼

远处的远处　看着看着

渐渐地近了

脚步声声留下一路鳞片和羽毛

远处消失了

躯为鱼池　心作鸟巢

渐渐是一条路啊

生命在渐渐的风尘中轮回

正一路高歌

2015 年 8 月 20 日

灌醉青山

几只蝴蝶和小鱼对话
几片花瓣和涟漪对话
几朵白云和卵石对话

……湖在天上
不！是天在湖里……

我伫立湖畔聆听天地之音
忽然想起三国周郎
脑海惊涛拍岸　激浪堆雪
在一片水雾中寻找我的小乔

不见女人

——却见我在岸上看我
不！是我在水中看我

我看青山卧在湖中正饮月光
小鱼舞动翅膀
涟漪飘散着花香
卵石孵化出几朵白云
山湖一色　水天同光

我在湖畔洗濯杯盏
一轮月亮在手中把玩
我提起了这把湖　灌醉了青山

2015 年 9 月 28 日
深圳观澜牛湖

花落了窗开着

桃花的笑声从春天那边传来
浅浅的微风拂过湖面

湖上的小船漂一舟树叶
捕鱼人把网撒成一片叶脉
小鱼如枯叶上的小虫爬上餐桌

岸上人家
夜夜灯火点燃了窗上剪影
小楼观澜
只见这南方湖上的季节朦朦胧胧

秋水中的春花何时沉没

夏月的冬霜落下了思乡的冷

桃花的笑声沾着灯光

撒入湖面　撒下一片淡红

四季的红都酸

唯独那一唇胭脂的红却很甜

湖边小楼荡漾半杯红酒

桃花的笑声在杯上留下一抹红唇

夜色浅浅　花落了　窗开着

2015 年 9 月 29 日

深圳观澜牛湖

船 岸

每一朵浪花都是一只小船

大海处处是岸

每一片树叶都是一只小船

大地处处是岸

每一朵云都是一只小船

天空处处是岸

每一个人都是一只小船

人间处处是岸

岸是坚定不移的船

船是乘风破浪的岸

如果活得颠沛流离动荡不安

那么灵魂就是岸

既然船就是岸　岸就是船

何必再分此岸与彼岸

睿达的佛陀啊！般若波罗

我们脚下时刻有船

我们此地就是彼岸

2015 年 12 月 8 日

梦里见你

梦里见你　在花瓣之上
香气融化我的肉体
我是一滴泪珠
挂在睫毛檐下亮起柔润的灯光

每夜的风景是你的笑容
镜子里你不要用你的泪水卸妆

梦里见你　在云缕之上
星光展开我的翅膀
我是一片羽毛
飘起绵绵大雪盖暖你的小房

每夜的枕头是我的书稿
宋词里飘出李清照哀怨的清凉

梦里见你　在沙粒之上
荒漠起伏我的思念
我是一声驼铃
天空的星星望着你叮咚作响

每夜的风声是我的问候
昭君的琵琶　怨到今天泡着月亮

而我做梦全靠月光
我在月光的酒影里见你
因为梦是一个谁都去不了的地方

2017 年 1 月 10 日

瓶中玫瑰

早晨，我匆匆问候瓶中玫瑰
悔憾在推开的门上留下一条缝隙
蜜语在床上落下一抹墙灰

今天是一个特殊的日子
玫瑰似乎哭过　我知道为谁

一夜的步子嘀嘀嗒嗒
男人女人是一个方向的两条道路
并不平行
交点之后又要雁影分飞

今天的节日我和你走到交点之上

握分别的手　送折断的花枝

一枝玫瑰　雁鸣声声

俩人晴朗的天空荡漾一瓶碧水

彩虹正向太阳祭祀

海枯瓶不枯　瓶中有玫瑰

我赠玫瑰不为余香

只为那一份惭愧

只为瓶里有我的一瓣血红

只为水中有你的一滴眼泪

2017 年 2 月 14 日情人节

一座叫梦的冰雕

让水站立起来　站立起来
不动！
又模仿石头的样子
做梦……

这座叫梦的冰雕在冬天诞生
天寒地冻的日子太阳越发地贫穷

万家灯火被镶嵌在冰里
晶莹剔透的温暖紧紧裹着鼾声
鼾声是梦的足音　簇拥着一群星星

夜在璀璨的路上昏昏沉沉

这时，有人在梦里大喊我睡不着觉
于是梦被雕成冰雕
冬的太阳让冰雕微微出汗
冬的月亮让冰雕阵阵发冷

梦里是春天的故事　讲述
冬天如何用刀杀出一片暖暖的风景
春意盎然是一碗翠绿的菜汤
是一份永恒的痴情

随人所愿！春天悄悄地来了
大棉袄里的鹅绒长出翅膀
大雁要焐暖天空

这座叫梦的冰雕慢慢地融了
骨骼的泪水浇不灭烈火般的疼痛

就在春天！这尊冰雕淌下一摊浊水
却留下了梦

站立着

那是一缕捉摸不透的风

2017 年 3 月 7 日

有梦夜不空

昨夜我做了一个梦
一个浅浅的很淡很薄很柔的梦

醒来，脑海风平浪静
只记得一叶小船随海鸟飞走
海鸟变成一枝百合插在瓶中

梦的一声花瓣飘落
一个女人在梦中叫了一声我的名字
太阳渐红

我在窗前望霞光回想
那个女人是谁？面孔为何朦胧

因为泪流满面　　因为梦里有风

梦是我拍摄的一部电影
蒙太奇连接了我的前缘今生来世
让我在梦里浏览人生

我想，那个女人为我哭过
梦中那点灯光就是泪滴　　剔透晶莹
我要再回到梦中见她
宁愿长眠不醒

今夜她在我的梦中我在她的梦中
她的梦里飘雨我的梦里响起雷声

也许我还是看不清那个女人是谁
夜空太大装不满星星　　梦依然
很浅很淡很薄很柔很朦胧
哦！有梦夜不空

2017 年 3 月 23 日

看　花

一朵花看久了我身上飘出芳香

一朵花看久了我的衣襟飘扬春风
我的微笑飘荡着阳光

这一朵花春风得意　阳光灿烂
根须放出蜿蜒的闪电
沿着我的神经阔步走向四方

我站在这朵花前
发现淡黄色的花蕊孵化一只蜜蜂
翩翩的花瓣长成缤纷蝴蝶
还有花枝乱颤拨动着我的思绪荡漾

这朵花怎么还不凋谢
梁祝的蝴蝶飞得太累已成落叶
林黛玉的哭声等得太久已经卸妆

而我此生看着一朵花
已经看得鱼目混珠　看得老眼苍茫
我只看到花瓣搅动漩涡
水声在我心里流淌

一朵花看久了会把自己渐渐遗忘

那一天，山长水远
隐约传来那一朵花的微微叹息
空气弥漫着淡淡的芳香
这时孩子惊叫：有人放屁了
此刻我正乘一叶花瓣飞桨九曲回肠

2017 年 4 月 11 日

哭 我

我病重很久！依然在微笑里面徘徊
依然在药的烟气中闻着花香

但是总能听到隐约的哭声
哭声让我心烦意乱
那是几块石头在路上阻碍我的脚步

我能想象出来　　我走了以后
你这个愁肠百转的女人是如何哭我
满地落花浸泡雨水
你咬着嘴唇揪着衣襟
泪水默默奔涌
哭声却在你的心里电闪雷鸣

多让我揪心啊！你应该欢笑才对
我的路没有走错是众生坦途
路的那端我并不寂寞

你应该以欢乐为我送行
用你颤抖的嘴唇说一声：一路走好！

我会回头向你挥手　然后望着你
我一直在用我的微笑擦你的眼泪
我要搬走路上的石头

亲爱的不要为我哭了
想想万里之外我们还有相聚的时候
你应该高兴才对
我先到那里为你焐热凄凉的被褥
再为你点亮一盏烛灯

亲爱的！擦干泪水！
看星空多么明亮！高兴起来！
到酒柜里拿出我最喜爱的庄子的缶

为我而歌吧！
那缶里装满了多么好喝的笑声

2017 年 4 月 25 日

月光药方

我在水一方　那一方是一池荷塘
荷塘里有我用不完的月光

夜晚我的躯体被月光涂得明朗
白日月光在我心中煲汤

我自童年就中了李白的毒
把天下的月光当成了冰冷的霜
只以为北方是我的故乡

举杯消愁的时候
总是把头一次又一次地转向北方
很累！

慢慢地嗅遍了病的花香

不知是李白让我染病
还是夜风让我受凉
荷花的开合把我关进了病房

于是病在荷塘
一方塘水用海的波涛洗濯污泥
用江河的眷念荡起涟漪
用荷的红焰把月光温得喜气洋洋

在我的荷塘之中
有暖暖的月光是我的药方
还有一张暖暖的病床是我的故乡

那一夜还是荷塘那片月光
把当下的一座小桥照得透亮
桥那端春天的岸上
不再是李白闪灼而是桃红荡漾

2017 年 5 月 27 日

我在一滴眼泪中徘徊

泪滴里有一个巨大的影子
我看遍一生也不清楚

这颗泪滴碧浪万顷
有河的长度　湖的宽度　海的深度
一阵阵涛声拍击着我的胸膛

这颗泪滴波光荡漾
闪耀月亮的光　星星的光　灯火的光
还有心灵的光可以照耀太阳

所以这颗泪滴里的影子太巨大了
朦朦胧胧　无边无际　无形无象

我记不得什么时候落泪

也记不得为什么落泪

只记得泪滴落下的那一刻

我的心情乌云密布成一个阴雨天空

在这颗泪滴的巨大影子里徘徊

我要走遍我的一生

2017 年 6 月 8 日

睡莲入梦

月亮在中天坐禅
我熟悉的心经之声一片灿烂

月亮观照自己　静静地凝视着
一朵入梦的睡莲

莲藕也在梦里我在梦的边缘
藕的鼾声吐出一串气泡
气泡读出《金刚经》一句偈言＊

世间万物都在修禅
我的心性在月光里朦胧可见

一条鱼顿悟　潜入泥中化身为藕
一只青蛙彻悟　跳出水面修成花瓣
那朵睡莲大悟了　也睡成了莲蓬
我还在渐悟中哭笑人间

大悟的莲蓬里面坐着一群小和尚
诵经之声莲香弥漫
莲香飘自于莲子的苦心
绿绿的苦没有泪水
一种淡淡的味道就是万里河山

睡莲依然做月光的禅梦
我身边的女人正是那朵睡莲
花瓣微微合拢　我在她的梦里闭关

　　*《金刚经》：一切有为法，如梦幻泡影，如露亦如电，应作如是观。

2017 年 6 月 13 日

一只桃子怀念桃花

一只桃子怀念桃花

不想落入舌巢　游走于胃肠曲径

从高处跳下　坠落大地

为桃花殉情

闪烁的桃花早已慷慨如泥

整个三月十分壮烈

天空纷然垂幕　泥土弥漫香影

人间离不开桃花

昆曲袅绕　唱的全是桃花之声

桃花扇徐徐来风吹不干眼角泪痕

阴雨连绵的是亡国之痛

今日桃花红瓣拌泥

蚯蚓染上一身桃红去做诱饵

鱼群蜂拥上钩　弃之江水游于酒盅

桃花源的鸡犬已经千里相闻

桃花淡淡脂粉　涂人面笑容

桃子柔柔心跳　让人间手舞足蹈

桃子甜甜乳汁　哺育众生

大地永远奔腾不败桃花的气息

泥土飘不散桃花的笑声

一只桃子落地向桃花叩首

花粉飘来浩荡尘梦

一只桃子的硬核蠕动全身的皱纹

仰天长啸　破土而出

笑临那个季节

又一阵桃花迷雾把人间染红……

2017 年 6 月 17 日

来生做一朵白云

一个天空我望了六十多年
我羡慕白云超然自得多么悠闲

大雁　悲鸣长空南北穿梭
匆匆忙忙只为寻找一巢温暖
风　呼号四窜疲惫不堪
忙忙匆匆只为追逐一片尘烟

而白云悠悠坐在天空之上
一边饮茶一边细细品味大好河山
也只有如白云般俯视
才能抚摸天之清高地之致远
当烈日高照

白云又为众生撑起一把阳伞
如果花朵需要白云会让自己融化
淅淅沥沥的笑声漫山灿烂

白云用高傲的姿态
脱掉了朝朝暮暮熙熙攘攘
穿上了一水田园
登上枝头就是一片碧绿
踏入江河就是一泓舒展的微澜

我痴痴地望着天空
平静地等待着我蒸发的那一天
来生我一定做一朵白云
享受坐在蓝天上品茶的诗意
御风赏雁
日月是我畅饮的杯盏

2017 年 7 月 11 日

住无住处

心住何处即住？

写格律诗时唐朝不在我的身边

但我心住唐朝

思考民主时法兰西不在我的脚下

但我心住法兰西

渴望自由飞翔时我又没有翅膀

但我心住蓝天

所以住无住处即住！

何是住无住处？

我云游南北　家不是我的住处

只是睡上几夜

我染上疾患　病房不是我的住处

只是要躺上几周
我化作青烟　骨灰盒不是我的住处
一番轮回我又去他乡
所以不住一切处即是住无住处！

如何才能不住一切处？
恋上了一个人不一定要厮守终身
思过念过即可
喜欢一朵鲜花也不要折枝插瓶
看过嗅过即可
热爱活着更不可能长生不死
哭过笑过即可
所以不住一切处不住定亦不住不定
这个不住一切处即是住处也！

2017 年 7 月 13 日

无言深不见底

你站在窗口送我出行
你还站在窗口迎接我回来

如果说我对这个世界还有留恋
是因为有那个窗口　那个窗口有你

你什么都不说只是望着我
你的瞳孔太深了
深得幽远浸泡着我飘忽的身影

我离去，又转回来悄悄看你
你仍然站在窗口
侧耳倾听我的脚步是否已经走远
我回来，想推门突然出现

你早就知道我回来了
站在窗口看着我渐渐走近

因为有你　无论窗口有没有灯光
山水都很明亮
因为有你　无论窗口多么狭小
人间也会十分辽阔

你在窗口一望　让我看到
尘埃平静　月亮热烈
太阳正披散着金毛铿锵舞狮

你凝视我把我嵌入眼帘
让我在你的瞳孔里看山顶白云
看白云涌起浮雕
看长空这座碑墙刻满慈悲

一个让我留恋的窗口
你默默望着我把我藏进你的心里
你无法言喻的情感深不见底

2017 年 9 月 1 日

移　动

我靠在一堵墙上
感觉到墙在慢慢地慢慢移动
喜悦从我心里吹出风来
我决定收养那群影子

墙，这支砖的队伍
步履整齐　展示出气势雄壮的阵容

我身边的墙真的移动了吗？
向旷野走去与东西南北的墙会师
组合一道新的万里长城

我听到一声军令

万众如一的仪仗队原地立正

让蜘蛛在墙头上任意织网捕蚊诱蝶

让尘封开启印出鼠迹猫踪

我仍然觉得墙似乎在动

那群影子攘攘拥在一起取暖

墙角一条蛇伸着信子吐出丝丝微风

一团棉花标出一块砖头的硬度

一块月饼的月光流出思念的泪水

我感到墙里墙外一样冰冷

这堵墙从来就没有移动过

是脚下的影子在动　墙上的钟在动

我的心在动

还有一个小球滚来滚去

远处响起一片孩子们的笑声

2017 年 9 月 6 日

窗口那座山

窗口那座山不是坐着　而是躺着
望着他　我总是能听到隐隐鼾声

窗口那座山不是躺着　而是站着
望着他　我看到了一座墓碑的身影

窗口那座山不是站着　而是在奔跑
望着他　我知道那是一匹野马在奔腾

窗口那座山从来就没动过
而是一直在飘　望着他
我悟出云朵一直在做蝴蝶的梦

那座山太苍老了

老昏的树荫埋葬着我的祖宗

而每一棵树下

布满洞穴　卷席而居着各族小虫

那座山挡在我的面前

看不到远方　我的目光只能御风而行

峻岭一曲箫声悠扬

那座山不见了　我扪心凝神静听

那座山缩成一块石头响彻我的胸中

2017 年 11 月 4 日

人 无 我*

我体　是一峰端坐的山峦
我体　是一股奔流的河水
当我乐山乐水的时候我便是我

我体　是一具梦中的行尸
我体　是一块尘里的走肉
当我厌人厌世的时候我不是我

住体那刻何以有我?
我体为五蕴假之和合
色、受、想、行、识让我转身不见
那山那水只存于瞬间
那尸那肉漫城便是　那个是我

那日我发现：自主自在之我为我
何处能有自主自在
自主自在　在无住无执之中

我体住的我本不是我
千山万水在空中绿了又黄
行尸走肉在山水之间香了又臭
我在这个空中蓦然回首　竟是人无我

＊人无我：佛教术语。

2017 年 11 月 11 日

未　来

我终于明白了未来是什么
未来是现在的天光云影
未来是过去孵化月亮的映日荷塘

我在月光的岸上
一直期盼未来那只小船驶进码头
桨声为我踏出一路涟漪
摘下几朵浪花嗅出我的去向

未来散发的气味令人魂销兮兮
我童年的未来含苞吐萼
我中年的未来果红叶黄
到了老年，凄风萧萧不言而喻

未来就是死亡

所以，不要憧憬什么未来
听到了吗？！过去是一声哭泣
未来也将是泪洒黄泉
笑在哪里呢？笑在当下飘一缕清香

也不要再侈谈未来了
未来是太阳留下的一个身影
在荷塘里浮现一片月色　随风荡漾

如果说未来一片光明
那么　未来就是一炉火焰笑声朗朗
在一缕青烟袅袅升起之前
我的未来光芒万丈

2017 年 12 月 26 日

高喊一声

落叶遮盖一座大山所有的缝隙
不让石头露出声音
清泉把阳光拍得四处飞溅
水珠在天地之间沉沦

太静了！
蜘蛛网上的小虫挣扎在茫茫深处
蝴蝶翅膀消失了风的斑痕

一座大山醉卧
卧成了醉入酒底的一枕大梦
就连鼾声也无心呻吟

突然！蜿蜒的山路被人牵动起来
接着一声高喊
惊退了山峦　只见水中倒影清澈
不见乱足踏起的烟尘

漫山的石头也被惊醒　腾空而起
天空盘旋　魂牵梦绕的鸟群

一声高喊　旋起浩荡清风
喊出了一个单词
字正腔圆　令天朗气清
一座大山一跃而起　高歌猛进

2018 年 1 月 30 日

岭南乘雪

昨天黄昏　天下起了雨
入夜我的梦里飘满了霏霏大雪
有几片雪落在了我的枕边

南方的天空有雪花的影子
风从北方远至　给我带来一声蔚蓝

春天的泪水太多
那些屋檐下的冰柱正滴滴答答
还有含泪的雪花缠缠绵绵

我的冬天在雪花上绽放
一瓣瓣乱哄哄挤进了我回忆的门槛

到了春天我仍然不信赖花朵

纷纷扬扬飘来梦幻

在北方踏雪远行　雪地发出吱吱哀叫

足迹留下一串虫卵

来到南方拈花听歌　听到的还是哀声

小城散尽一片绿烟

早晨　我枕上的水痕　扬起帆影

我一抬头　看到云朵是船太阳是岸

就在此刻　北方正下起大雪

我也飞舞起来

我是一只把天空踏得咚咚作响的鹰

苍冥因为我才辉煌灿烂

2018 年 2 月 24 日

花为谁开？

花开了　太阳出来了　春风吹来了
我全身透明　每一个细胞都在唱歌

东坡山花灿烂的曲子由我填词
我删掉了清照惨白的字句
用李白斗酒浇灌花朵

一枝红杏伴一颗绿桃的歌声
已经让我陶醉
让我宁做花下之鬼
不做风中之奴怆楚漂泊

一朵鲜花足以照亮我的内心

我知道欢声笑语自何而来
几缕花香让我解衣磅礴

我把花看得羞赧面红
惨绿愁红的日子已经过去
用春色的花泥葬我　该多么快乐

遥想深山那边花为谁开？
花为谁开　只为自己
凄凄寂寞总会生长累累硕果

2018 年 3 月 29 日

我认得那滴雨

我认得那滴雨

它是渔夫落下的一滴泪

嬉笑悲伤中哭声从来没有断过

我认得那滴雨

它是岩石渗出的一滴泪

楼宅堂舍中哭声从来没有断过

我认得那滴雨

它是一条小鱼流淌的一滴泪

锅碗杯碟中哭声从来没有断过

我认得那滴雨

它是岸边绿叶滚动的一滴泪
草木花果中哭声从来没有断过

那些雨滴都是从我这里夺眶而出
洒向大地飞上天空又渐渐降落

今口雨中　　我又认识了新的雨滴
尽管哭声满天　　但在云的缝隙里
一轮太阳　　正含泪微笑鼓盆而歌

2018 年 5 月 8 日

躺着的感觉真好

躺着。漂浮在床上，血液托起我
畅游江河　驶向大海　踏上彼岸

偶尔，肉体之舟漏水
心在血泊中挣扎着　欲弃船而去
在波涛之中变成了一只蛙

蛙鸣惹得月亮照耀鲨鱼向我游来
我以为彼岸是那黝黑的脊背

如蛙的心在血泊中挣扎
溅出一片水花却改变了颜色
由殷红变得清澈湿润了我的眼角

躺着听蛙声皎皎

遇到可爱的女人我总喜欢躺着
踏进美好的梦境我更需要躺着

躺着的感觉真好
躺着可以游走于天地之间
舒适奇妙的享受让我失去了自己
我再无他求
只希望身边有一碟三鲜水饺

人，最终还是要躺着
那时，躺着比站着还要雄壮
躺下去，放松自己才能走得更远

站着。走了一生，最终
还是要躺下去　用血肉狼藉之躯
为自己铺完最后一程道路

2018 年 7 月 7 日

莲蓬之杯

我孱弱的身躯是一湾古朴的莲塘
肉的淤泥　静卧塘底吐着气泡
泥里藏着白骨的藕

有一只小船从海上漂来
眷恋着我这一湾莲塘不愿远航

我这一湾莲塘能哭会笑
笑　我的笑是一阵风尘袅袅逝去
哭　我的哭是几滴露珠潺潺跌落

我这一湾莲塘亦睡也醒
醒时的文章写出太阳别样的红

睡着的鼾声唱得月色分外的清

塘里，心是一朵独秀的莲
这朵莲　香染四季红映蓝天动起雷霆
无论是春笑冬哭　还是日白月黑
这朵莲　怜喜怜悲连生连死

我生命这湾古朴的莲塘
那一只小船静静靠近灵魂的栈桥
等待心的成熟
一朵莲蓬生子可以作杯畅饮

2018 年 7 月 12 日

谁跟着我

有一条路跟着我走

不离不弃

时而高低　或通向深谷或直上峰巅

时而宽窄　或细如羊肠或阔似云天

有一间房子跟着我走

走南闯北

时而冷暖　或艳阳卧床或寒风透窗

时而奢陋　或残垣断墙或金碧辉煌

有一群人跟着我走

相伴左右

时而喜怒　或同眠异梦或分杯共醉

时而远近　或拥怀立志或乱心向背

还有一个我跟着我走
形影相吊
时而立卧　或卧床呓语或摇身诡影
时而康衰　或病骨支离或壮歌扬声

还有死亡欢天喜地跟着我走
那日，来到大海的船上
我听到一朵云发出了雷鸣的狂笑
接着跳进了波涛
接着我下了一场大雨

雨过之后　一片红花铺地
还有一个脚步声若即若离地跟着我
我却不知道那是谁……

2018 年 8 月 4 日

寂静不停

又下雨了。我在窗前看雨
纷繁的脚步踏着树叶　行走山里
我发现　寂在那里
寂是一位心志淡泊的老者
有群山相伴惬意而舒心

又下雨了。我在床上听雨
恬淡的影子踏着虫鸣　行走角落
我发现　静在这里
静是一个平和淳美的女人
有月光相伴逸态而雅情

寂。静。连绵让我缠绵万里

我走多远才能找到那一声雷鸣
细雨有多细才能为天地穿针引线

窗前看雨是在听云，云朵发出鸟叫
细雨飘零鳞片　大山正在树上歌唱

床上听雨是在看海，鱼群掀起涛声
细雨飞舞羽毛　大海正在天上飞翔

绵绵细雨悬钓着娓娓动听的小鱼
我在这番缠绵之中摸到了我的骨头

我推门走进魏晋那片竹林
雨水湿透了我
细雨淅沥　箫音和笛声让寂静不停
又把寂静演奏得无边无际

2018 年 8 月 30 日

小雪人不要融化

有一个人　从远方向我走来
我在送香弄影的风里看到了她

春天桃花的雾　遥遥地
飘来我找她的　一条茫茫小路
小路曲折　没有中断　草没有蔓延

夏天兰花的雨　静静地
敲着我读她的　一扇蒙蒙小窗
小窗忧郁　没有推开　风没有进来

秋天菊花的露　悄悄地
滚动我想她的　一片凉凉月光

月光寂寞　没有清澈　梦没有破解

冬天梅花的雪　厚厚地
封存我迎她的　一道楚楚门槛
门槛静卧　没有跃起　人没有辞别

那一天我发现　等待就是一只小兽
正静静地蹲在我的面前
我破雪推门而出
用这只小兽的形象堆了一个雪人

而那个人一直走在向我奔来的路上
也许还没来得及看到这个雪人
太阳就让大雪回到了海里

2018 年 9 月 15 日

老莲塘的秋

秋天　老莲塘里全是记忆
是一些蛙声清风朝露月色的记忆

最初　一叶嫩芽娇娇媚媚
向水中蓝天滴翠
当小巷有人敲响锣鼓舞狮飞龙
宽阔的莲叶宛然展开

莲叶婆娑　风变成了绿色
笑声飘香　引来蜂蝶还有蜻蜓

还记得　小荷的尖尖角上
蜻蜓站立傲然天空

不久　花蜜诱蜂　花粉迷蝶
一塘青春　英姿勃勃神采奕奕

忘不了　不久之后天地缠绵
缤纷的花瓣落满一塘
低头可见素素的天空五彩斑斓

莲蓬洒雨　莲子的雨滴播种大地
莲藕吹奏　莲塘的笛声飘扬云间

记忆满满的莲塘啊!
想起那缕花香就十分惆怅
感叹一声　记忆的颜色已经枯黄

再不久　莲叶悄悄褪去绿色
用叶脉为青蛙编织了一床蚊帐
一塘泥水混浊照不见月亮
岸上　一个影子幽忧
伴着秋虫低唱

2018 年 10 月 13 日

柔情蜜意

每一天　柔情蜜意地活着
就会舒畅地沐浴着阳光和月光
就会把黑暗变成一床被子
这一觉　睡得很香

活着　就是美妙的一觉
鼾声唱着歌　在小屋里走动
梦　也展开了翱翔于蓝天的翅膀

睡觉　朦朦胧胧地活着多么美好
脸上飘扬灿灿微微的笑容
嘴角流淌涓涓的口水
春风融融地荡漾

人 不要清醒地活着

怒目相视 看的全是仇恨

争高论矮 站的位置都在低处

剑拔弩张 最后的结果是血肉俱伤

在柔情蜜意中朦朦胧胧地活着

睡意就会化成辉煌的诗意

即使没有太阳和月亮

还会有一盏灯光

2018 年 11 月 3 日

蝴蝶飞得很蓝

一只翩翩蝴蝶　飞得很蓝
沾着庄子的梦尘　梁祝的香气
飞到今天

今天　天空也蓝得出奇
似乎风清气朗没有一点罪恶
所有的云朵
全部躲进了大山的那边

蝴蝶的声音　宁静深邃而又遥远
蝴蝶的影子　忧郁恐慌更加怪诞

看到蝴蝶的人才知道什么是梦幻

都想跟着蝴蝶飞出一片蓝
飞越前方那座山

去看看山那边躲藏的云
是否植下一粒粒玲珑剔透的卵
再看看俯伏的山
是否爬出来一只蠕动的蚕

无论蛾还是蝶　只要飞舞
就要经历生离死别的悱恻缠绵

晚霞融在蓝里　天依依变黑
蝴蝶的声音萦绕在月亮的周围
星光一片璀璨

今夜是一只虫蛹　躲在黑里
生长着翅膀准备一次辉煌的蜕变
明天是一只蝴蝶　飞出一片蓝

2018 年 12 月 1 日

风 归 去

没有看见风　却看见

大树在摇晃　衣襟在翻飞　红旗在飘扬

还有灰尘　兴高采烈在舞动

因为有了看不见的风

人类才看见了微笑低泣和悲恸

风　谁都可以豢养

贼养歪风　奸养妖风

诗人养仙风　君子养清风

天空放牧暴风　大海圈养台风

落花养瘦了香风　战争养肥了腥风

…………

看不见的风啊！浩浩荡荡
时而喜上眉梢　时而飞扬跋扈
变幻莫测　反复无情

就在此刻，用心去听吧！
一丝古琴飘来……天地骤然不动
风归去，生命正是一阵微风

生命谁能看见？
听！只有呼吸丝丝　震荡细微之声

2019 年 1 月 3 日

欣赏自己

欣赏自己　一种至高无上的享受
我是一座山的全部
抚石头，那是我的细胞
叮叮当当　我被凿成一座佛像

欣赏自己　一种畅快无碍的感觉
我是一条河的全部
弄波浪，那是我的血液
浩浩荡荡　我汇成了一片大海

欣赏自己　一种美妙无比的体验
我是一朵花的全部
闻芳香，那是我的呼吸

飘飘悠悠　我凝成了满天白云

欣赏自己　一种悠然无限的心情
我是一只船的全部
扬帆桨，那是我的皮囊
渺渺茫茫　我装下了整个宇宙

欣赏自己　尘世寻我百遍千度
蓦然回首　自己就在灯火阑珊之处

一览无余地欣赏自己
因为一次转身　我蓦然发现
我是祖国的全部　我是家乡的全部
我既是全部的一切的一切
又是荡然无存的了无的了无

欣赏自己　会真正获得一个
至高无上　畅快无碍　美妙无比　悠然无限的
自己！

2019 年 2 月 21 日